VENTE DU VENDREDI 20 FÉVRIER 1885

A 2 HEURES

HOTEL DROUOT, SALLE N° 7

OBJETS D'ART

VIEUX FERS, ARMES, COFFRETS, BIJOUX

ANCIENNES FAÏENCES DE ROUEN ET DE LILLE

PLATS, ASSIETTES, VASES, BOUTEILLES

VIEUX ÉTAINS, BOIS SCULPTÉS DU XVIIIe SIÈCLE, OBJETS DE VITRINE

BOISERIES COMPLÈTES

D'un Boudoir Louis XV

COMMODE, TABLE A OUVRAGE LOUIS XVI

TAPIS D'ORIENT

TAPISSERIES, SOIERIES ANCIENNES

BELLE PENDULE LOUIS XV

sur socle

TABLEAUX ET AQUARELLES

Par Mallet — Perot — Lessore

COMMISSAIRE-PRISEUR

M° Henri LECHAT

6, rue Baudin, 6.

EXPERT

M. E. VANNES

54, Faubourg-Montmartre, 54.

EXPOSITION PUBLIQUE

Le Jeudi 19 Février 1885, de 1 heure 1/2 à 5 heures 1/2.

CATALOGUE

DES

OBJETS D'ART

Vieux Fers — Armes — Coffrets — Bijoux

Anciennes Faïences de Rouen et de Lille

Plats — Assiettes — Vases — Bouteilles — Vieux étains

Bois sculptés du XVIIIe siècle — Objets de vitrine

BOISERIES COMPLÈTES

D'UN

Boudoir Louis XV

Commode — Table à ouvrage Louis XVI

Tapis d'Orient — Tapisseries — Soieries anciennes

BELLE PENDULE LOUIS XV

SUR SOCLE

TABLEAUX ET AQUARELLES

Par Mallet, Perot, Lessore

DONT LA VENTE AURA LIEU

HOTEL DROUOT, SALLE N° 7

Le Vendredi 20 Février 1885

A DEUX HEURES

COMMISSAIRE-PRISEUR	EXPERT
Me HENRI LECHAT	**M. E. VANNES**
6, rue Baudin, 6	54, Faubourg-Montmartre, 54

EXPOSITION PUBLIQUE

Le Jeudi 19 Février 1885

DE 1 HEURE 1/2 A 5 HEURES 1/2

CONDITIONS DE LA VENTE

Elle sera faite au comptant.

Les acquéreurs payeront en sus des enchères *cinq pour cent*, applicables aux frais.

L'exposition mettant le public à même de se rendre compte de l'état des objets, aucune réclamation ne sera admise une fois l'adjudication prononcée.

Paris. — Imp. de l'Art. E. Ménard et J. Augry
41, rue de la Victoire, 41

DÉSIGNATION DES OBJETS

OBJETS D'ART — ARMES — MEUBLES

1 — Importante serrure gothique, en fer, avec sa clef. Travail du xve siècle.

2 — Clef d'époque Renaissance, à canon droit ; l'anneau est ciselé au centre d'un petit écusson portant trois fleurs de lis ainsi que sur les côtés.

3 — Petite plaque en cuivre gravé, cadran de pendule.

4 — Statuette en bronze, représentant un Romain le chef casqué. Travail du xvie siècle portant encore des traces de dorure.

5 — Beau coffret à dos d'âne, en fer richement damasquiné en or et argent, d'oiseaux, de

fleurs, de rinceaux et d'arabesques, avec sa clef à anneau gothique.

6 — Beaux chenets Louis XIII, en cuivre poli sur pieds de fer en forme d'arceaux.

7 — Lame d'épée du XVIe siècle.

8 — Autre lame de même époque, portant sur chaque face une double cannelure.

9 — Épée à deux tranchants, la fusée est en corne, les deux quillons sont droits et terminés par des têtes d'animaux.

10 — Épée courte et de main droite, à quillons droits et cannelés, le garde-main est finement ajouré et ciselé de rinceaux; au centre est une statuette de femme nue en ronde bosse, reposant sur un écusson à combat de guerriers. Pièce d'un fin travail.

11 — Petite bouteille en verre, ornée dans le style oriental de peintures polychromes.

12 — Joli plat en vieil étain, à bords go-

dronnés, orné d'un médaillon central à] personnages.

13 — Paire de flambeaux Louis XVI, en cuivre
doré.

14 — Fragment en bronze du xvie siècle, représentant des feuilles accolées.

15 — Beau cadre Louis XIII, à plates-bandes
d'écaille incrustée de filets d'argent.

16 — Autre cadre à plates-bandes d'ébène.

17 — Beau tabernacle en bois sculpté, fin
Louis XIV, orné au sommet de trois têtes
d'anges, sur les côtés de grappes de fruits et
de fleurs, sur la porte un Agneau pascal.

18 — Panneau de la Renaissance, incrusté
d'ivoire ; le médaillon central représente un
Combat de Romains ; sur les côtés, six por-
traits d'empereurs romains, et en écoinçons
des motifs d'arabesques et rinceaux.

19 — Table Henri II, en noyer, à bascule.

20 — Commode du temps de Louis XVI, en bois de rose et marqueterie, le tiroir supérieur formant bureau et à deux tiroirs inférieurs; garnie de cuivres.

21 — BOISERIES SCULPTÉES du temps de Louis XV, à fond blanc et vert d'eau, provenant d'un boudoir, comprenant : les panneaux de fonds, l'alcôve à baignoire, la croisée avec ses volets, la porte, les chambranles et les plinthes. Cette charmante pièce peut être entièrement reconstituée, il n'y manque aucun fragment.

22 — Remarquable pendule Louis XV, de *Coquin*, mesurant sur son socle $1^m,40$ de hauteur, à fond de corne verte, incrustée de boule gravé et dont la monture est ornée de cuivres finement ciselés.

23 — Petite pendule Louis XVI, en biscuit de Sèvres, à personnages.

24 — Histoire du sacre et du couronnement de Louis XVI, illustrée par Patas de nombreuses gravures des costumes du temps. Volume relié, portant sur les plats l'écu de France doré au fer, fleurs de lis sur le dos. Édition de 1775.

25 — Petit calendrier de cour, de 1781, avec sa
reliure à l'écu de France.

26 — Étui de missel, garni en cuir gaufré avec
ses ferrures en cuivre, de la fin du xv⁰ siècle.

27 — Étui à almanach de 1778, orné de l'écu de
France et de fleur de lis aux coins.

28 — Étui à roman, orné d'écussons armoriés
et de fleurs de lis.

BIJOUX ANCIENS

29 — Bijou en vieil argent doré, contenant un
joli camée représentant Apollon conduisant
son char.

30 — Petit crucifix en or sur argent, orné de
quatre brillants.

31 — Bague ornée de dix brillants et d'une agathe
herborisée.

32 — Paire de pendants d'oreilles en forme de

scarabées or et argent, et ornés de cailloux du Rhin.

33 — Paire de boucles en argent, d'époque Louis XV, ornées de rubans et de cailloux du Rhin.

34 — Joli petit Saint-Esprit en or, orné de cailloux du Rhin et de pierres de couleur.

35 — Porte-relique ou *ex voto*, en forme de cœur, travail du xviiie siècle, en filigrane d'argent doré.

36 — Paire de boucles en argent. Époque Louis XV.

37 — Autre paire de boucles en vieil argent ciselé.

37 *bis*. — Lot de bijoux anciens en or et argent. (Sera divisé.)

FAIENCES ANCIENNES

38 — Paire de cache-pots en vieux Rouen, décorés, en bleu sur blanc, de guirlandes de fleurs et d'arabesques.

39 — Plat long en ancienne faïence de Rouen polychrome, décoré au centre d'une corbeille de fleurs.

40 — Petit plat en vieux Rouen, à bords festonnés et à décor polychrome.

41 — Autre plat polychrome en vieux Rouen.

42 — Beau plat en vieux Rouen, bleu sur blanc, décor à lambrequins et au centre un dauphin. Diamètre, 48 cent.

43 — Autre beau plat en vieux Rouen, bleu sur blanc, à lambrequins au marli et au centre. Diamètre, 5o cent.

44 — Statuette de Mandarin, en vieux Lille, à décors polychromes. Pièce curieuse.

45 — Thé, en porcelaine de Paris, ayant servi à la duchesse de Montpensier, décoré, sur bleu mat, de fleurs, d'inscriptions, et doré.

46 — Jardinière en faïence, décor de Strasbourg, à bouquets et lettres fleuries entrelacées. •

TABLEAUX — AQUARELLES

47 — Panneau carré sur bois, représentant, à droite, la Vierge Marie les mains jointes et la figure en pleurs. A gauche, une tête de Christ couronnée d'épines. Époque Renaissance.

48 — **Mallet.** Le Bain.

49 — **Mallet.** La Chute.

50 — **Perot.** Pastel.

51 — **Perot.** Pastel.

52 — **Lessore.** Aquarelle.

53 — **Lessore.** Aquarelle.

54 — **Lessore.** Aquarelle.

55 — **Lessore.** Aquarelle.

ÉTOFFES — TAPISSERIES

56 — Morceau d'étoffe dauphine, à fond crème et à fleurs.

57 — Autre morceau Louis XV.

58 — Morceau d'étoffe dauphine, fond maïs.

59 — Morceau de lampas à fleurs Louis XV.

60 — Morceau de satin à fleurs Louis XVI.

61 — Autre morceau Louis XV.

62 — Bande de velours du xvie siècle, brodé de sujets religieux et de rinceaux.

63 — Bel habit Louis XV, en velours épinglé, à fond rouge et à réserves de fleurettes blanches.

64 — Bande de tapisserie de la Renaissance, à décor de fruits et feuillages.

65 — Ancien tapis d'Orient, à fond vert et riche bordure.

66 — Ancien tapis d'Orient, fond rouge.

67 — Autre tapis d'Orient, fond rouge.

68 — Partie de franges diverses et anciennes.

69 — Morceau de soie à fleurs.

70 — Autre, à fond vert d'eau.

71 — Autre, à fond prune.

72 — Tapisserie avec bordures, représentant Judith richement vêtue venant de trancher la tête d'Holopherne. Haut., 3 mètres; larg., 2 m. 65 cent.

73 — Tapisserie avec bordures, représentant Agar et son fils Ismaël dans le désert; un ange leur indique la source où ils peuvent se désaltérer. Haut., 3 mètres; larg., 2 m. 50 cent.

74 — Tapisserie verdure de la Renaissance.

75 — Autre tapisserie verdure.

76 — Sous ce numéro les objets oubliés au catalogue.

www.ingramcontent.com/pod-product-compliance
Lightning Source LLC
LaVergne TN
LVHW010227060726
842527LV00007B/2667